First Spanish Edition
Hardcover ISBN: 978-1-5324-1139-7
Paperback ISBN: 978-1-15324-1138-0
eISBN: 978-1-5324-1137-3
Published in the United States by Xist Publishing
www.xistpublishing.com
PO Box 61593 Irvine, CA 92602

Felices Pascuas pequeño buho!

Brenda Ponnay

¡Buenos días, pequeño búho!

¡Ya es hora de buscar
huevos de Pascua!

¿Puedes encontrar todos tus
huevos de Pascua?

¿Buscaste debajo de la cama?

¡Lo encontraste! ¡Había un huevo debajo de la cama!

¿Encontraste todos los huevos,
pequeño búho?

¿Buscaste en las partes
de arriba?

¿Buscaste en las partes
de abajo?

¡Lo encontraste!

¡Había un huevo escondido en la pantalla de la lampara!

¡Encontraste otro!

¡Había otro huevo escondido debajo de la mesa que tiene la lampara!

¡Vamos a buscar más!

¡A lo mejor podemos
encontrar más huevos
en la sala!

¿Acaso puedes ver alguno de los huevos de pascua en la sala, pequeño búho?

¡Lo encontraste!
Hay uno en la chimenea.

¡Hay uno debajo del banco

y uno detrás del marco del cuadro!

¡Hay uno en la silla rosa

y otro debajo de la mesa de
la lámpara!

¿Crees que ya sean todos los que hay?

¿Crees que deberíamos buscar en la cocina?

¿Puedes ver algunos huevos de pascua en la cocina, pequeño búho?

¡Buen trabajo, pequeño búho!
¡Los encontraste!

Hay otro en junto
al florero.

Hay uno en el platón de zanahorias.

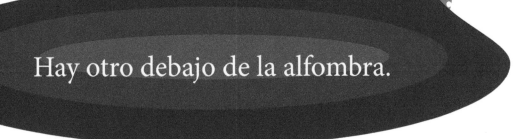

Hay otro debajo de la alfombra.

¡Y otro en el lavabo!

¿Crees que ya tienes suficientes huevos,
pequeño búho?

¡Mas huevos!!!

¡Vamos a contarlos!

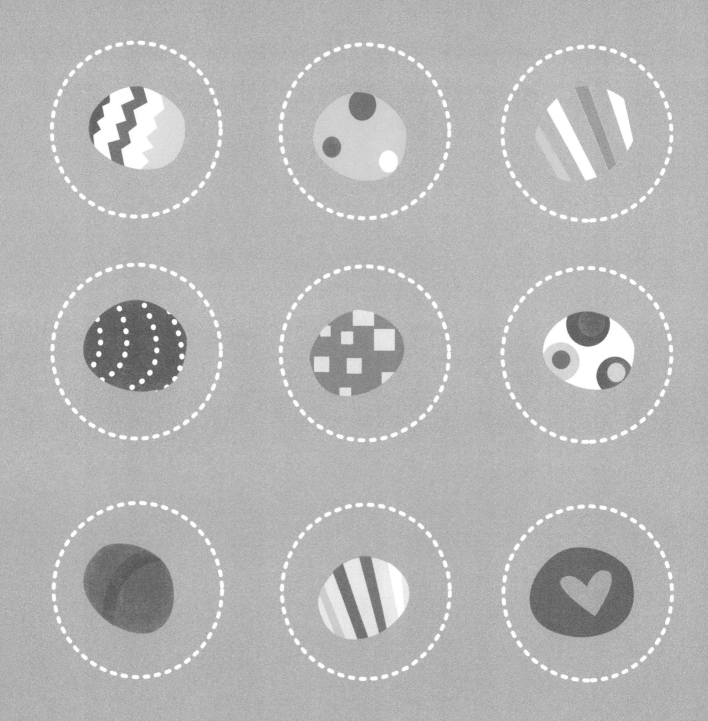

CPSIA information can be obtained
at www.ICGtesting.com
Printed in the USA
LVHW071621050420
652290LV00019B/937